I0680058

3135

Jacques Laveu Inve et Sculp.

# LE VŒU

## DE

# L'HUMANITÉ,

### OU

# LETTRES

## SUR LE SPECTACLE

## DE BORDEAUX.

*Civis erat, qui libera poſſet*
*Verba animi proferre, & vitam impindere verò.*
( Juv. )

BIBLIOTHEQUE ROYALE

*À* LA HAYE,

PAR LA COMPANIE DES LIBRAIRES.

*Et ſe trouve*

À BORDEAUX, chez PALLANDRE aîné,
Lib., vis-à-vis la Fontaine du Poiſſon-ſalé.
*AU GRAND* MONTESQUIEU.

M. DCC. LXXVIII.

Yf 12116

# RÉFLEXIONS
## *PRÉLIMINAIRES.*

LES Hôpitaux ont toujours fixé les regards de tous les Gouvernemens; & nos Rois, en particulier, s'en font montrés, dans leurs Etats, les plus zélés Protecteurs. Fondés par le plus louable des principes, celui de l'humanité, ces maisons ne doivent leur existence qu'à la pieuse générosité de plusieurs citoyens, qui, en mourant, leur ont fait divers legs. Tous les Hôpitaux généralement ont la même origine. Les anciens Bordelais n'ont pas négligé cette partie essentielle à la conservation de l'homme; ils ont toujours souhaité d'en augmenter les droits & les propriétés; ils ont en cela

fuivi l'exemple de tous les autres
Peuples, qui, de temps immé-
morial, avoient confacré des
afiles pour les pauvres & les
malades, fous les aufpices de
leurs Rois & de la bienfaifance
publique.

Au milieu de l'ignorance &
du preftige, on élevoit, au nom
de la Religion, des Hôpitaux
adminiftrés & deffervis par des
Moines; on favoit apprécier la
valeur d'un petit nombre d'hommes, tandis que mille autres pé-
riffoient fous le glaive du Fana-
tifme. Infenfiblement on a diffi-
pé cette rouille de barbarie qui
caractérifa les actions de nos
ancêtres; à mefure que les arts
fe font élevés de cette obfcurité
honteufe où les guerres & la fu-
perftition les avoient enfevelis,
la politique a rétabli les mœurs;
on vit éclore les vertus fociales;

alors on éprouva que la morale,
mife en pratique, avoit pour
but le bonheur réciproque des
hommes. Secourir l'indigence
devint un devoir moins fondé
fur la piété que fur l'amour du
genre humain ; la Philantropie
& la Religion fe partagerent
tous les efprits ; on donna fes
biens tantôt au Clergé, tantôt aux
maifons hofpitalieres. Des Edits
fans nombre, émanés du Trône,
en affurerent les patrimoines, &
en approuverent les augmenta-
tions ; tout, en un mot, fembla
concourir aux fraix immenfes de
ces érabliffemens, élevés à la
gloire de l'humanité.

BORDEAUX eft chargé de trois
Hôpitaux, qui, à leur tour fur-
chargés de monde, trouvent à
peine, dans leurs revenus, de
quoi fuffire à leurs befoins jour-
naliers.

LA quantité des pauvres qui y abonde eſt ſi nombreuſe, que l'économie s'eſt vue quelquefois obligée de retrancher des vivres : cruelle extrêmité, qui fit gémir les Adminiſtrateurs, & qui excita les plaintes de ceux qui vivent ſous leur régie. La cauſe de cette diſette provient de deux motifs ; d'abord, de la ſuppreſſion de pluſieurs droits, & enſuite, de la modicité des fonds.

EN vain la ſageſſe du Gouvernement a uſé de toutes les précautions imaginables contre les abus introduits dans deux intérêts contraires, il a fallu tout ſacrifier, encore le ſilence a-t-il été néceſſaire ; car, que peut la foibleſſe ſuppliante contre l'autorité qui ſévit ? Cependant les Hôpitaux de Bordeaux doivent l'autoriſation de leurs établissemens aux bontés de nos Rois. Fondés par le besoin, il leur a fallu l'encouragement, la protection des puissances, pour propager les rentes destinées à leur entretien. Bordeaux subjugué, & libre tour à tour, en bute aux entreprises de plusieurs conjurations, ne songea d'abord qu'à sa défense, & négligea de répandre sur lui-même la splendeur moderne qui le décore. Un peuple occupé de sa liberté se soucie peu des avantages de l'aisance dans les orages de la guerre, ou sous le poids des fers. Cette Ville avoit besoin de voir écouler plusieurs siècles sous une même domination pour rétablir son Commerce, & ce n'est qu'après différentes révolutions qu'elle est devenue, sous Charles VII., l'apanage de nos Souverains : époque mémorable où commen-

ce l'induſtrie laborieuſe de ſes
habitans.

SÉRIEUSEMENT appliqués à
leurs travaux, les Bordelais n'ont
jetté qu'un coup d'œil rapide ſur
les Hôpitaux, & ſur les reſſour-
ces qu'on peut trouver dans la
ſociété, ſans paroître exiger du
citoyen le moindre bienfait. Les
Statuts, les Edits dont ces Mai-
ſons ſont nanties inſtruiſent les
Adminiſtrateurs de leurs droits
& de leurs devoirs. Des raiſons
ſecretes leur ont impoſé le ſilence. On craint de preſſer des fleurs
lorſqu'on ſait qu'elles cachent
des épines.

UN Edit de Henri II, daté
du mois de Février de 1555,
oblige toutes les filles devenues
enceintes à déclarer leur groſ-
feſſe aux Juges des lieux, ſous
des peines corporelles & diffa-

mantes. Les difpofitions de
cet Edit furent confirmative-
ment renouvellées par celui de
Henri III, qui ordonne de pu-
blier & de dénoncer au peuple
le contenu de cette Ordonnance
aux Prônes des Meffes paroif-
fiales, de trois mois en trois
mois. Il eft auffi enjoint aux Pro-
cureurs & aux Seigneurs Jufti-
ciers de tenir la main à ladite
publication. Louis XIV donna
encore plus de force & d'auten-
ticité à ces Ordonnances par fa
Déclaration du 26 Janvier 1708.

Ces Edits ouvrent un moyen
de fauver les enfans que des meres cruelles facrifieroient peut-
être pour couvrir leur honte, &
conferver un honneur apparent.
Mais ces mêmes Edits ne déro-
boient point à la mort ces tendres victimes de la mifere, que
des meres défefpérées & fans

reſſource expoſoient à la merci de tous les maux , & de l'indulgence publique.

LOUIS-LE-GRAND fit conſtruire un Hôpital pour les Enfans expoſés dans la ville de Paris. Ce monument ſeul auroit été digne d'immortaliſer ſon Fondateur , ſi cet auguſte Monarque n'avoit pas conſacré les momens de ſa vie à d'autres belles actions. Des Lettres-patentes de ce même Roi, du mois d'Avril 1714 , firent établir à Bordeaux un ſemblable Hôpital , confirmé par Louis XV , par d'autres Lettres-patentes du mois de Juin 1716.

PEU à peu l'adminiſtration de la Ville fournit à cet Hôpital des ſecours qui l'ont ſoutenu pendant un certain nombre d'années. Mais l'acroiſſement rapide de Bordeaux , l'affluence des

Etrangers de tout sexe & de tout
état, font la caufe premiere pour
laquelle cette Maifon, trop char-
gée d'enfans, n'a pu fuffire à fes
dépenfes. Les fonds n'étant pas
affez confidérables pour fournir
des revenus capables d'entretenir une fi nombreufe famille,
des Lettres-patentes de Louis
XV, du mois de Décembre 1772,
réunit cet Hôpital à celui de
la Manufacture. Cette réunion
coûta au moins 100000 livres.
Eft-il poffible que cette Maifon
fe foutienne, vu l'augmentation
journaliere des Enfans-trouvés?
Il lui faut donc des fecours qui
la dédommagent de fon épuife-
ment, & qui confole cette foule
plaintive qui l'habite.

LES Orphelins, légitimes ou
non, reconnoiffent pour mere
la Patrie, qui leur doit tous les
foins, tous les égards dont fon

zéle eſt capable. Cette portion
de nos ſemblables , ſequeſtrée
de la ſociété , injuſtement avilie,
en eſt-elle moins chere au Gouvernement , dont elle peut ſou-
tenir les droits , & défendre les
intérêts ? Auſſi la politique a re-
gardé les Enfans-trouvés comme
de vrais ſujets , dignes de ſervir
l'Etat , qui eſt leur bienfaiteur.
Retarder la réclamation de leurs
droits ſeroit une négligence cri-
minelle. C'eſt au nom de l'humanité qu'on écrit. La plume
de l'Auteur ne ſe trempe point
dans le fiel de l'envie. On veut
ſoulager la pauvreté ſans tra-
verſer les ſuccès de l'opulence.
Un riche ne peut-il pas ſe trom-
per , & penſer bien faire lorſqu'il fait mal ? Ce n'eſt donc pas
le dénigrer que de réclamer un
bien qu'il s'arroge peut-être par
erreur.

# LE VŒU
## DE L'HUMANITÉ,
### OU
# LETTRES
## SUR LE SPECTACLE
## DE BORDEAUX.

## LETTRE Iʳᵉ.

### *FÉLICIE à MONTELME.*

OILA commè vous êtes, opiniâtre & pareſſeux, toujours votre bêche à la main. Vous oubliez votre correſpondance; vous m'abandonnez comme ſi je ne vous étois plus chere : oh, je veux m'en venger en vous inſpirant

B

du dégoût pour la campagne , & en
vous forçant à quitter votre terre, où
vous vivez inutile au monde. Pour
moi, j'ofe me flatter que, dans mon
petit miniftere , je ne nuis pas à la
fociété : au moins je fers les malades,
ou bien j'encourage la naiffante in-
duftrie des enfans de notre Hôpital.
Mais vous , quelle eft votre occupa-
tion dans votre lointaine folitude ?
Vous labourez, n'eft-ce pas ? Pauvre
Enthoufiafte ! comme s'il n'y avoit
pas d'autres matieres plus importan-
tes qui puffent vous fixer. Venez
dans notre afile ; les larmes de nos
petits innocens, leurs afflictions , offri-
ront un champ vafte à votre éloquence ; & touché de leur déplorable fituation , vous vous hâterez de la peindre
au public fous des couleurs vraies &
intéreffantes. Si vos travaux cham-
pêtres pouvoient avoir autant d'utilité que votre littérature , je vous par-
donnerois de couvrir vos mains de
durillons ; Montelme , vous feriez
bien cruel fi vous ne vous exerciez
pas fur le fujet que je vais vous pro-
pofer ; il eft unique, & mérite votre
attention exclufivement à tout autre ;

le voici : Il s'agit de tirer du profit des Spectacles de Bordeaux un foulagement pour la maifon des Enfanstrouvés. Rien n'eft plus aifé ni plus légitime ; car enfin , les Comédiens payés , il y a un bénéfice que partagent des citoyens à leur aife au préjudice de nos Pauvres. Cette adminiftration ne paroît jufte à perfonne. Si j'avois quelque autorité , je ferois tout mon poffible pour y faire au moins quelque changement. C'eft , en honneur, honteux qu'on abufe de la foiblelfe de nos moyens pour jouir de nos droits !

CONTINUEZ-MOI toujours votre amitié. Je ne peux vous dire tout ce que je fens pour vous , tant il m'eft difficile d'exprimer les fenfations de l'ame, où je crois que fe logent la bienveillance & l'eftime , filles adorables de la Vertu : Pardon fi j'ai badiné.

# LETTRE II.<sup>e</sup>

## MONTELME à FÉLICIE.

EH mon Dieu ! que voulez-vous
que je vous écrive, respectable Félicie?
Dans mon obscurité solitaire, je n'ap-
prends rien qui soit digne de vous. Il
me siéroit mal de vous donner des
éclaircissemens dans une affaire qui in-
téresse des têtes puissantes & redouta-
bles, & vous devez savoir qu'on est
toujours mulcté lorsqu'on les attaque.
D'ailleurs, qui vous répondra qu'on
ne me fasse pas un crime d'avoir dé-
couvert le *pot aux roses*. On me qua-
lifiera du nom de délateur ; on me dé-
nigrera, & je deviendrai le triste jouet
de la calomnie. Cependant, réflexion
faite, je me propose de remplir vos
vues, & de travailler au sujet que vous
m'avez envoyé. Je n'imagine pas que
le dénonciateur d'un abus criant au
préjudice du bien public soit répré-
hensible ; j'ose croire, au contraire,
qu'il est digne des éloges de sa Patrie,
puisque, sans nul intérêt, il prévient

ſes Concitoyens du bien qu'ils ont
oublié de faire, & qu'il ne font pas.
Adieu, ma chere Sœur. Je vais, au
moment même, m'occuper à faire des
recherches analogues à la régie du
Spectacle & de vos intérêts.

# LETTRE IIIᵉ.

### FÉLICIE à MONTELME.

Mon Ami, je prends la plume
d'une main tremblante, & j'inonde ce
papier de mes pleurs. A l'inſtant même on vient d'arracher de mes bras
une innocente & foible victime, que
le beſoin a voué à la mort. Voyez
combien notre famille eſt à plaindre !
combien la miſere entraîne d'inconvé-
niens ! Ce ſont des enfans qui deviendront un jour des artiſans laborieux,
des ſoldats intrépides, en un mot, des
hommes utiles ; ce ſont de jeunes &
timides nourriſſons, qui ſouffrent, qui
gémiſſent, & qui implorent la munificence publique contre les attentats du
beſoin. Voyez combien la miſere al-
tère leur délicat tempérament ! Mai-
gries & énervées, ces tendres colom-
bes, accoutumées au malheur, ſou-
rient quelquefois avec une imbécile
naïveté Que ce ſourire échappé, mon
cher Montelme, ne vous ait pas abuſé ;
il eſt le préſage de l'innocence, & non

pas celui de la satisfaction. A la len-
teur de la démarche, à l'humilité du
maintien, à la timidité du regard, vous
avez sans doute présumé que l'état de
ces enfans est celui de la langueur ;
vous avez aisément reconnu que nous
gémissions en secret de ne pas pouvoir
adoucir leur triste & malheureuse des-
tinée ; retracez à votre imagination le
tableau touchant de la pauvreté & des
douleurs qui accablent nos gémissants
Orphelins ; hâtez-vous donc de m'é-
claircir sur le sujet que vous m'avez
promis de remplir : vous n'aurez pas
à faire à des ingrats. Petits infortunés,
vous devrez à Montelme la vie & l'aisance, il sera votre bienfaiteur ! Oui
Montelme, vous aurez rempli les momens les plus chers, les plus précieux
de votre carriere ; vous aurez tout
fait pour votre gloire, si le succès
couronne vos travaux.

ANALYSONS un moment les préju-
jugés injustes qui avilissent ces pauvres innocents, que la nature a fait
naître sans la bénédiction de Dieu.
Une fille foible & sensible, un garçon
vif & intéressant, conçoivent l'un pour

l'autre une tendreſſe qui , quoique momentanée, dégénere en paſſion. Le deſir demande la jouiſſance, la foibleſſe l'accorde , & le plaiſir enfante une créature , qui leve comme les autres un œil étonné vers ce tourbillon de lumiere, vers ce ciel orné d'étoiles , qui atteſte la ſuprême Providence & la bonté infinie du grand Juge.

QU'EST-CE que cette petite créature a fait pour lui interdire un nom , l'eſpoir d'un rang dans la ſociété ? Quel eſt ſon crime ? celui d'être née d'une union illégitime , d'appartenir trop ſouvent à des parents dénaturés , qui rougiſſent de les reconnoître. Loi étonnante & biſarre, qui reſpecte l'illuſion des préjugés , qui arrache l'exiſtence à cette infortunée , car la mort eſt préférable à l'aviliſſement ! Qu'à l'époque de notre naiſſance la fortune nous exclue de toutes ſes faveurs , nous nous accoutumons volontiers à l'indigence, parce qu'elle honore celui qui la ſouffre ſans murmure & ſans envie. Mais ſi le ſang qui coule dans nos veines nous avilit , nous dégrade aux yeux de nos ſemblables , pour peu que nous ayons

de fenfibilité, le mépris public deve-
nant une infulte, nous humilie, éteint
notre émulation ; & dégoûtés du bien
& de nous même, nous dédaignons la
vie, puifque l'opprobre y eft attaché.
Obfcurs, languiffans & timides, il
femble que nous foyons des efpeces de
créatures inférieures à l'efpece des hommes, qui font affez préfomptueux &
affez fiers pour répandre fur nos jours
& fur nos intérêts une injurieufe in-
différence.

UNE orgueilleufe pitié eft ordinai-
rement la confolation qu'on accorde
aux malheureux. Quel affront pour
une ame bien née d'apprendre que les
auteurs de fes jours, fouillés d'un plaifir barbare & criminel ne lui ont com-
muniqué l'exiftence que pour la livrer
indignement à l'abandon, à la dou-
leur & à l'infamie! Qu'on fe mette un
inftant à la place d'un de nos nourriffons parvenu à l'âge mûr; qu'on fe
dife, comme lui : « Je fuis né pour
» m'ignorer toute ma vie, & je dois
» mon éducation, ma confervation
» même à la charité des Hôpitaux ;
» mais mon ame fenfible, mon cœur

» pénétré confidere l'endroit de mon
» berçeau comme un lieu plein d'hor-
» reur , où le jour ne m'éclaira que
» pour me rendre infortuné, que pour
» me forcer à rougir de moi-même ,
» au fein de la mifere & du défefpoir.
» Oui, je dois encore de la reconnoif-
» fance à cette maifon augufte , à cet
» afile fombre & lugubre, où les plain-
» tes , où les gémiffemens du pauvre fe
» font fans ceffe entendre...... J'ai
» reçu , il eft vrai, des bontés de mes
» bienfaiteurs tout ce que j'avois droit
» d'en attendre ; ils m'ont fait appren-
» dre les mœurs , la Religion & un
» métier, que ma délicateffe abhorre,
» & que le befoin me force à exercer.
» Hélas ! en fuis-je moins malheureux?
» Mon enfance, partagée entre la mi-
» fere & les pleurs, ne s'eft éclairée
» du flambeau de la raifon que pour
» appercevoir l'opprobre & le dédain
» public qui m'environnent. Eft-ce
» moi que l'on devroit avilir, féparer
» de la claffe des citoyens? Ce feroient
» bien plutôt mes parens que la Loi ,
» que le préjugé devroient pourfuivre,
» dénoncer, comme coupables , aux
» Miniftres de la Juftice, & la même

» Loi qui condamne le meurtrier au
» fupplice, qui punit le vol, auroit à
» prononcer contre les peres & meres
» qui ont le courage perfide & déna-
» turé d'abandonner leur plaintive pro-
» géniture. Si la nature, ajoute-t-on,
» me réfervoit aux épreuves du mal-
» heur, que ne me laiffoit-elle dans
» l'oubli du néant!

MAIS dès-lors que notre Hôpital
aura trouvé des reffources affez fécon-
des pour fe dérober à l'étroite & gé-
nante obligation d'une trop févère économie, on verra nos Adminiftrateurs
s'empreffer à faire inftruire notre tendre jeuneffe, & à en former, avec la
plus fcrupuleufe attention, une pépi-
niere d'hommes précieux à l'Etat. Nos
enfans, nourris dans l'aifance, quoique pliés fous le joug d'une difcipline
toujours auftere, mais douce, parce
que la perfpective d'un avenir heureux viendroit les flatter, ne pourroient que nous vouer une reconnoif-
fance vraie & refpectueufe, que nous
n'ofons pas leur demander, vu les
maux qu'ils endurent pendant tout le
temps qu'ils demeurent dans notre
indigent afile.

Tous ceux qui respectent l'humanité, qui s'en pénétrent lorsqu'ils la voient souffrante, s'intéressent tendrement à répandre dans son sein des secours bienfaisans & généreux. Tout ce qu'on fait en son nom & pour sa gloire honore. Il n'y a que le vice & la corruption qui dégradent l'espece humaine aux yeux du sage & de l'homme de bien. Ainsi, du moment que les mœurs sont en garde contre la séduction, que l'honneur se trouve sous la tutelle de la bienséance, il ne craint plus la prévention ni les préjugés reçus dans les esprits foibles. Il s'agit d'une utilité reconnue ; il s'agit de s'approprier un droit qu'une délicatesse politique a peut-être refusé aux Hôpitaux. Je désirerois, mon cher Montelme, que le produit des Spectacles devînt la propriété, le patrimoine du pauvre. Je présume que l'Administration se feroit un plaisir glorieux de se charger de la direction de la Comédie, vû le bien qui en résulteroit en faveur de nos maisons. Les recettes journalieres qui se feroient à l'entrée du Spectacle seroient portées le soir à notre Trésorier, qui,

ayant

ayant entre ſes mains un regiſtre des
fraix & des appointemens des Acteurs,
auroit ſoin de les ſolder à l'échéance
de leur quinzaine. Il y auroit un Inſpecteur nommé pour la régie interne
ou externe, concernant les affaires
ordinaires ou incidentes de la Troupe.
Cet Inſpecteur, reconnu pour homme
intelligent & fidele, ſeroit, ſur ſa
bonne foi, & d'après le ſerment qu'il
auroit prêté entre les mains de nos
Adminiſtrateurs, le dépoſitaire invio-
lable, incorruptible de nos intérêts; il
veilleroit au bon ordre, mieux établi
qu'il ne l'eſt dans l'intérieur de la
régie. Ponctuel à faire obſerver les
règles, ſon devoir s'étendroit encore
à encourager les Acteurs à remplir
dignement les conditions de leurs trai-
tés. Un Régiſſeur honnête, inſinuant,
poli, uniſſant les talens du théâtre à ceux
d'une pénétration vive & d'un eſprit
cultivé, ſeroit peut-être l'homme le
plus rare à rencontrer, & celui qu'on
devroit le mieux récompenſer. Auſſi
faudroit-il le gratifier de maniere à lui
inſpirer le déſintéreſſement & le zèle
de nos intérêts! Ce choix ne devroit
pas ſans doute être l'ouvrage de l'in-

C

trigue & de la faveur : le talent & la probité, voilà les deux prérogatives qui y donneroient des droits.

Il seroit surement très-indifférent aux Comédiens de recevoir leurs appointemens des mains de notre Trésorier ou de celles d'un autre citoyen. Dès qu'on a des obligations à remplir on doit s'en acquitter par-tout où les circonstances l'exigent. J'imagine, au contraire, qu'ils se féliciteroient de concourir à notre soulagement, & de ce que leurs travaux, ne se bornant plus à produire des sensations agréables, mais à y ajoûter des effets réels & utiles, engageroient le Public à redoubler d'exactitude par un motif bien doux, bien flatteur, qui est celui de la bienfaisance. J'ose dire que l'état de Comédien, considéré sous ce double rapport, mériteroit plus d'égard, puisque la Comédie, qui a pour but la correction des mœurs, comme le prétendent bien des gens, auroit un avantage de plus, celui d'une utilité temporelle.

Quel obstacle pourroit rencontrer

l'exécution du projet que je foumets
à votre cenfure ? Quelle puiffance, indignement jaloufé , oppoferoit des
droits fimulés pour détruire l'efpé-
rance d'un fuccès fi cher à nos defirs ?
Aucune. Nos Adminiftrateurs , em-
preffés à faifir toutes les occafions de
nous rendre fervice, n'héfiteroient pas
de fe mettre à la tête de cette entre-
prife ; & pour parvenir à cet objet,
il ne faut que difpofer les efprits
prompts à fe décider en faveur du
bien ; il ne faut que perfuader cette
vérité fi précieufe & fi reconnue ,
*que tout le fuperflu doit être le patri-*
*moine des malheureux.* Un Placet , une
fimple Requête adreffée à un Miniftre
équitable peut lui deffiller les yeux , &
nous obtenir la pôffeffion du droit de
régir le Spectacle au compte de notre
maifon. Mais vous me direz peut-être,
mon cher Montelme, que nous avons
un intérêt puiffant à combattre , &
plufieurs citoyens à fruftrer d'une propriété qu'ils prétendent être la leur.
Quel fera le fujet de leurs plaintes ? .....
On leur rembourfera leurs fonds , fi
toutefois il eft vrai qu'ils en aient con-
figné, & qu'auront-ils à dire enfuite ?

C ij

Rien. On médira, on calomniera, &
le Public viendra applaudir, au lever
du rideau, à l'Arrêt émané du Trône
en notre faveur.

ON placeroit dans le bureau de
ceux qui donneroient les billets, à
leurs côtés même, deux de nos enfants, pour rappeller à ceux qui vien-
droient au Spectacle, qu'en achetant
le plaisir ils rendent service à la Patrie,
& pour les convaincre de notre sincere
reconnoissance. Adieu, Montelme, le
devoir m'appelle, je cours le remplir.

# LETTRE IVᵉ.

## MONTELME à FÉLICIE.

JE vous envois mes réflexions, estimable Félicie. Je vois en vous un prodige qui n'a pas encore étonné le monde chrétien depuis le commencement de ce siècle. La piété sous la guimpe est ordinaire, mais le zèle généreux qui vous caractérise ne s'y voit que très-rarement. Continuez ; le plus beau sacrifice que votre sexe puisse offrir à l'Etre suprême, c'est l'emploi de ses moments à soulager l'humanité qui souffre, à s'intéresser à son bonheur.

UNE Ordonnance de MM les Jurats, inscrite au bas des Requêtes que les différents Directeurs de Comédie ont présenté à la Municipalité, avoit fixé le prix des places au Spectacle, mais ce prix a varié suivant les circonstances, & il a été un temps qu'il a souffert une augmentation plus considérable qu'elle ne l'est aujour-

C iij

d'hui. La vérification de ce fait se
trouve au Greffe de Police.

LES Jurats, Administrateurs nés
des Hôpitaux, voyant la progression
du nombre des pauvres dans ceux de
la Manufacture & des Enfants expofés, & connoiffant l'état de perplexité
de ces deux Maifons, rendirent une
Ordonnance le 15 Juin 1735, par
l'autorité de laquelle on retenoit deux
fols par *billet d'entrée* au Spectacle,
indiftinctement pour chaque place. La
recette des deux fols par billet fe faifoit tous les jours après les représentations, & le Greffier de l'Hôtel-de-
Ville s'en faifoit rendre compte de
quinzaine en quinzaine.

LES conclufions du Procureur-
Syndic, fur la pluralité des fuffrages,
n'ont affecté cet argent à nul objet.
Au contraire, dans la même délibération, on a fcrupuleufement & ex-
preffément ordonné qu'on donnera
( à titre d'aumône ) le produit des
fommes provenant du Spectacle, aux
Tréforiers des deux Hôpitaux, mais
qu'on ne déclarera point de quelle

fource MM. les Jurats ont tiré ces
fecours, afin que la diftribution leur
en foit arbitraire, & que les Hôpitaux
ne puiffent pas s'en faire la matiere
d'un droit litigieux. Cette précaution
louable, mais imprudente, produi-
foit un double avantage : des foula-
gemens à la Manufacture & aux Enfants expofés, & des bienfaits aux
pauvres honteux.

MM. les Jurats s'étoient attribués
un droit perfonnel fur cette recette.
J'ofe préfumer qu'ils avoient tort.
Puifqu'ils s'avifoient de faire du bien
aux Hôpitaux, au moins auroient-ils
dû paffer deux actes avec les Adminiftrateurs de ces deux maifons. Cette
formalité néceffaire les auroit obligés
de partager le produit de deux fols
par billet, fans altérer dans leurs in-
tentions le principe falutaire qui les
leur dictoit. Un double de cet acte,
dépofé dans les Archives des deux
Hôpitaux, & fignifié aux Directeurs
de la Comédie dans des circonftances
convenables, feroit devenu le garant
d'une reffource perpétuelle pour vos
chers infortunés. Cependant la déli-

bération telle qu'elle exiſte encore, il
eſt ſans doute aiſé d'en demander l'exécution, & MM. les Officiers Municipaux, inviolablement attachés au
bien commun, oſeront réclamer un
droit ſi juſtement autoriſé.

LA Régie du Spectacle qui connoît
les articles de la délibération dont je
viens de vous entretenir, & ſur-tout
la clauſe réſervatoire, qui n'établiſ-
ſoit pas les Hôpitaux propriétaires
des deux tiers de ce droit de rétribution, fondée ſur ce défaut de forme,
a leſtement éludé l'uſage obligé &
preſcrit par ladite délibération.

LES deux tiers des deux ſols par
billet, dit-on, ne peuvent être récla-
més par les Hôpitaux, parce que cette
rétribution ne leur a point été affectée
particulierement.

IL y a dans cette objection une pu-
ſillanime abſurdité. La Manufacture
& les Enfants expoſés ont toujours
perçu les deux tiers du produit des
deux ſols par billet juſqu'au moment
où la ſuppreſſion en a été adroitement

faite..... Au reste, les deux sols re-
tranchés devroient être diminués sur
le prix des billets.

J'Avoue que je suis au comble de
mon étonnement lorsque je cherche
la cause du silence de MM. les Jurats.
Cette longue léthargie, suspecte à tout
autre qu'à moi, m'encourageroit à
dire à ces Magistrats, si j'avois le
droit d'élever ma foible voix devant
eux : « La Patrie vous a nommés ses
» Protecteurs, ses Juges subalternes ;
» vous êtes chargés du précieux dé-
» pôt de l'ordre civil ; & du moment
» que vous avez prêté le serment au-
» guste qui vous attache au devoir de
» la Magistrature, vous appartenez au
» Public, & vous êtes comptables
» envers lui de vos soins, plus ou
» moins vigilans sur ses intérêts, &
» sur le maintien d'une harmoine cons-
» tante, résultat heureux d'une atten-
» tion sévère & assidue. Quelle gloire !
» quel honneur vous prépare votre
» ministere dignement rempli ! Mais
» pour donner un relief plus intéres-
» sant à la haute idée que vos conci-
» toyens ont conçu de vos talens &

» de votre juſtice , vos fonctions exi-
» gent une fermeté ſuivie & véhé-
» mente ; montrez que vous êtes Ma-
» giſtrats ; ayez le courage de rede-
» mander des biens que la munificence
» de vos prédéceſſeurs avoit accordé
» aux membres ſouffrans de la ſociété
» dont vous êtes les ſeconds chefs.

Tout droit de propriété eſt incon-
teſtable & ſacré. Ce principe établi,
l'utilité publique , la Loi , l'intérêt
commun demandent la reſtriction des
abus , & la faculté de jouir des droits
qui leur appartiennent à bon titre ;
ils oſent en attendre la reſtitution,
l'exiger même des bontés & du zèle
généreux des Magiſtrats ſupérieurs ou
ſubalternes.

Tandis qu'on a prélevé la rétribution des deux ſols par billet , MM. les
Jurats ont eu la précaution de faire
étendre avec ſoin ſur des regiſtres
cette ſoi-diſante aumône faite en faveur
des Pauvres de la Manufacture & des
Enfants expoſés. Cette aumône mon-
toit au moins , année commune , à ſix
mille livres. Vous voyez , compatiſ-

fante Félicie , que vos droits ne font
pas petits , & que ces fix mille livres
rentrant dans votre maifon peuvent
fournir au moins à l'entretien de qua-
tre-vingt enfans , en fuppofant même
qu'on paye mieux les nourrices , &
en n'expofant plus ces foibles Orphelins à devenir les déplorables victimes
de ces femmes trop mal payées. Pour
être mieux fervi , il faut mieux récom-
penfer. Le moyen de réprimer le crime,
fi la néceffité lui forme un prétexte !
L'adminiftration publique & la vôtre
devroient donc porter un regard jufte
& févère fur ces objets importants ,
qui paroiffent malheureufement confondus parmi ceux du plus petit dé-
tail. Que diriez-vous , fenfible Félicie ,
fi vous rencontriez une payfane char-
gée de trois nourriffons , qui s'effor-
ceroient de fuccer des mamelles épui-
fées ? Ne foupçonneriez-vous pas que
certains enfans font mal alaités ? Mais
quel feroit votre étonnement fi cette
nourrice vous difoit : « Voilà l'uni-
» que objet de ma tendreffe , le gage
» chéri de mon hymen ; je ne fuis que
» la dépofitaire des deux autres. »
Quel reproche ne lui feriez-vous pas !

Il me femble entendre exhaler avec
vivacité votre jufte indignation. Votre reprimande feroit des mieux fon-
dées , parce qu'il eft prefque impoffi-
ble que le fein d'une mere , la plus
vigoureufe , abreuve trois enfans.

TELLE eft la véritable fituation de
vos Orphelins à la mamelle. Les Pé-
rigordines de la Double font un commerce abominable de ces innocents ;
elles viennent, envoyées les unes par
les autres, en impofer à votre Adminiftration , & demander , fur des faux
certificats, des nourriffons qu'on leur
confie imprudemment. Chargées de
ces petits malheureux , elles les emportent dans leur chaumiere, pour
leur faire fubir une mort lente , en
les abandonnant aux épreuves de tous
les befoins phyfiques.

LA néceffité ne connoît pas de loi ;
me répondra un mauvais ou froid Politique. Quelle indignité! Ne faut-il pour
être humain que le paroître ? Cette fa-
çon de penfer & d'agir produit indubi-
tablement un caractere double & une
abfurde cruauté. L'extrême befoin ne
peut

peut avoir une longue durée , ou s'il
perfévère , c'eſt qu'on néglige les
moyens d'y remédier.

Vous ſentez , Félicie , tout ce que
je veux vous dire. La rapidité fuccef-
five des événemens a exigé la théorie
d'une précaution éclairée , ſur - tout
dans une maiſon telle que la vôtre.
La févérité , la juſteſſe , l'impartialité
doivent être l'heureux partage de vos
Directeurs ; & j'imagine en effet qu'ils
réuniſſent le déſintéreſſement, l'équité,
l'amour du genre humain à une expé-
rience ſage & conſommée du bien.
Vos propriétés une fois recouvrées,
on travaillera ſans doute à former un
accord durable entre la paix, l'ordre
& l'abondance, qui, dans l'intérieur
de votre aſile , devront faire renaître
la ſécurité & la ſatisfaction. Le temps
& la patience vous rendront ces précieux avantages. A meſure que ma
plume vous retrace mes idées , l'intérêt que je prends à vos calamités re-
double ; & d'après mes obſervations,
puiſque la vérité ſe concilie avec vos
juſtes réclamations , n'en doutez

D

point , votre famille , moins malheu-
reufe à l'avenir , effuyera bientôt fes
larmes , & le vœu de l'humanité fera
rempli.

# LETTRE V<sup>e</sup>.

## FÉLICIE à MONTELME.

L'Avis que vous me donnez dans
votre derniere part d'un cœur impar-
tial & généreux. Je me plais à relire
votre écrit. Il me femble que je touche
au moment fouhaité où nos chers enfans cefferont de répandre des pleurs.
Oui, Monfieur, ils vous devroient
tout, je le répète, fi vous daigniez
prendre part à leurs intérêts, & porter
vous-même leurs plaintes aux pieds
du Trône de la Juftice ; la faveur dif-
paroîtroit, & le miniftere de nos loix
ne fauroit trop applaudir à votre zèle.
O Montelme, ne vous intimidez point!
l'éloge du bien & le blâme du mal doivent être également dans la bouche de
l'homme incorruptible. La voix de
l'autorité peut quelquefois lui impri-
mer la crainte d'une injufte perfécu-
tion ; mais quelle confolation ne
goûte-t-on pas à fouffrir au nom de la
vertu ! Et vous, ô mes enfans, ô mes

D ij

chers éleves, vous à qui le hafard de la naiffance a refufé un nom, un rang & des tréfors, confolez-vous, que la patience alimente votre courage; vos plaintes & vos pleurs ne fe perdent plus dans la vafte folitude d'une filencieufe obfcurité; on les voit, on les écoute, & vos peres adoptifs, attendris fur vos malheurs, vont fe hâter d'en adoucir la rigoureufe influence. Ah! mon ami, ces chers enfans ne font pas les feuls infortunés! Félicie, la timide Félicie a fans doute effuyé des revers, qui, tracés à vos yeux, en arracheroient des larmes. Hélas! vous verriez la mere la plus chérie, & la veuve la plus digne de pitié. Si j'ai des enfants honnêtes & vertueux, j'eus deux époux malheureux, dont les images toujours préfentes à mon ame fe difputent tour-à-tour mes regrets & mes foupirs: un autre moment peut-être me donnera la confolation de vous peindre mes difgraces. Continuez, mon cher Montelme; femez des lauriers, vos concitoyens les moiffonneront bientôt pour les enlacer, & pour vous en faire une couronne.

# LETTRE VI^e.

*MONTELME à FÉLICIE.*

JE voudrois connoître votre hiſtoire; elle eſt ſans doute intéreſſante, puiſque c'eſt vous qui y rempliſſez le premier rôle. Vous avez été malheureuſe ; cette épreuve de l'adverſité vous a fait peut-être mieux ſentir le prix de la modération & de la vertu. Vous avez appris à calculer les douceurs d'une exiſtence utile; ſéduite par l'attrait de la bienfaiſance, vous avez mis votre bonheur à faire celui des autres ; vous avez dignement rempli la carriere de votre vie, car ſouffrir & bien faire, voilà notre unique deſtination. Mais je continue à vous éclaircir.

LE Spectacle étoit autrefois mobile, allant tour-à-tour de Bordeaux à Touloufe. Las de cette inconſtance, on fit un plan pour fixer la Troupe de Comédie. Ce plan, ſagement combiné, ne s'étoit formé aucun prétexte

de ne pas donner le dixieme franc des
recettes, pour subvenir aux fraix com-
muns de cet établissement. On payoit
également le propriétaire de la salle
& la garde du Guet : depuis long-
temps tout a changé. Pauvres Sol-
dats, on fait de vous tout ce qu'on
veut ; vous êtes sous les loix du des-
potisme ; on exige de vous des servi-
ces ; on vous gronde, & on vous re-
fuse encore le salaire que vous mé-
rités. Quelle indignité !

DANS l'année 1760, pendant que
l'Académie de Musique des sieurs Bou-
lard, la Richardiere & Hébérard don-
noit le grand Opéra, on proposa à
M. le Maréchal de Richelieu d'établir
à Bordeaux un Spectacle sédentaire,
sur le fonds d'un nombre fixé d'actions. Le projet adopté, on établit
une souscription composée de gens
d'épée, de robe, & de Négocians. On
forma un Corps d'Actionnaires qui
signerent un bail de neuf années. On
rassembla un capital ( supposé ) de
soixante mille livres, pour assurer da-
vantage la stabilité du nouvel établissement, en cas de perte. L'exécution

de ce projet commença après *Quasi-*
*modo* de l'année suivante 1761.

LES vues du Gouvernement étoient
sages. M. de Richelieu avoit senti, en
bon politique, que Bordeaux avoit
besoin d'un Spectacle sédentaire, &
qu'il étoit en état de le soutenir par
la foule inombrable des habitans &
des Etrangers qui y abondent. La Comédie, dans une Ville comme celle-
ci, est d'une nécessité indispensable.
Que feroient les Négocians après
leurs travaux spéculatifs, s'ils n'avoient
pas cet asile, pour se soustraire à l'ennui d'une pénible soirée, que le dé-
sœuvrement rempliroit ? Séduit par
l'attrait, on se livre bientôt au plaisir, sur-tout lorsqu'il s'agit de donner des délassemens à l'esprit, préoc-
cupé de réflexion & de calculs ; & de
toutes les récréations celle du Spectacle est la moins dispendieuse, ainsi
que la plus innocente. J'avoue qu'à
Bordeaux les mœurs trouvent mal-
heureusement des écueils dans l'assem-
blée nombreuse des Spectatrices du
second ordre, qui, indécentes, & affi-
chant l'impudicité, cherchent parmi

les Spectateurs des soupirans assez dupes pour acheter leurs tendresses. Ces femmes, stupides & audacieuses, excitent un murmure incommode ; & déshonorent par leur effronterie les citoyens honnêtes qui se trouvent confondus au milieu de cette troupe de Bacchantes. Il est humiliant pour de vertueuses citoyennes de se compromettre à côté de ces courtisanes ; aussi n'osent-elles pas se présenter aux loges, dans la crainte de rougir devant des inconnus, qui, par megarde, outrageroient leur pudeur. Il faut que, toujours attachées à leur ménage, elles se privent des plaisirs innocens, pour conserver leur réputation dans son intégrité ; car une femme honnête qui, par inclination & par goût, suivroit le Spectacle, & qui ne jouiroit pas d'une fortune distinguée, autoriseroit la critique à soupçonner ses mœurs. Ce soupçon, tout mal fondé qu'il pourroit être, seroit d'autant plus affligeant qu'elle n'y auroit jamais donné lieu. C'est donc par une fatalité incompréhensible, qui rapporte l'époque de son origine au désordre inhérent à la police, que le

Sexe redoute d'entendre & de voir
repréfenter nos piéces de théâtre ;
faut-il que les époufes, les filles des
Bordelais cédent leurs places à des
concubines qui, la plupart étrange-
res & fugitives, confpirent, dans l'en-
ceinte de notre Patrie, la ruine de
nos jeunes Concitoyens ? Faut - il
qu'un fyftême d'intérêt, favorifant la
licence, excite les plaintes publiques,
& qu'on regarde comme une oftenta-
tion néceffaire l'habitude, peut-être
injufte, de les braver ? Laiffons à la
Magiftrature le droit de réprimer ces
abus révoltans, mais differtons fur
les moyens d'y remédier.

Qu'ON profcrive des loges ces femmes hardies, qui n'attendent que le fourire d'un homme foible pour s'échapper avec lui, le corrompre, & trop
fouvent lui faire payer cher la perte
de fon *innocence*. J'appelle *innocence*
les mœurs, qu'on ne fauroit conferver avec de femblables maîtreffes. On
fait de quelle utilité les mœurs peuvent être dans la conftitution d'un
Gouvernement tel que le nôtre, fur-
tout lorfque la vertu les épure. Ne

font-elles pas la source du génie, de l'activité & de l'encouragement dans un Etat policé ? Comment veut-on qu'elles se soutiennent, qu'elles se fortifient, si on flatte, si on tolére les vices dans un séjour où le plaisir leur représente sans cesse des exemples de sociabilité, de patriotisme & de sagesse ? Du moment que la Police attentive exigera la décence, & proscrira du Spectacle ces propos ridicules & déshonnêtes, qui sont presque toujours dans la bouche impure des prostituées, les vues du Législateur & de tous nos Ecrivains seront dignement remplies. Le moyen de réprimer ces abus se borne seulement à proscrire les femmes dont l'impudicité est publique, & à observer de près celles dont on soupçonne la conduite. Alors le Spectacle ennobli par les graces de la politesse & de la pudeur, s'appropriera tout le charme de la morale, enveloppée sous le voile de l'allégorie.

Le Théâtre, ce licée respectabl où les honnêtes gens ont droit de ve nir se recréer, s'instruire, épurer leur mœurs, & corriger leurs ridicules, produit fans doute mille effets agréables, que la vertu approuve, & qu'elle regarde comme une fource d'encouragement à fon culte. C'eft fur la fcène que le Public rend hommage au talent ; c'eft-là ou une ame tendre, interpréte de la fiction, s'agrandit, & développe toute fon énergie ; c'eft - là où l'homme, luttant contre l'adverfité & la tyrannie, nous donne des leçons de patience, de courage & de grandeur d'ame ; c'eft-là, dis-je, où le vice du jour, en bute à l'ironie, décèle à tous les yeux les petiteffes de fon orgueil, & les fottifes de fa fuffifance ; c'eft-là que l'envie, aux prifes avec la fageffe, reconnoît fon aveuglement, que la trahifon dévoile la noirceur de fes complots, & que l'immortalité couronne de lauriers les fronts inaltérables d'Ariftide, de Socrate & de Germanicus ; en un mot, c'eft dans cet afile où l'on laiffe échapper le fourire de la joie innocente ou les larmes délicieufes de l'attendriffement. Tel eft le pouvoir de l'éloquence ; l'art de l'Acteur eft celui de la nature. Enveloppé

fous le Coſtume d'un Héros, il nous
en rappelle les actions ; & fous fa
grandeur fictive, il fait nous étonner,
& s'approprier nos fuffrages. Il eſt
fans doute flatteur pour l'homme de
génie, qui joint à une hardieſſe fami-
liere une figure charmante , un organe touchant & flexible , fur-tout
la faculté de fentir à propos , & qui
fait modifier naturellement fes fenfations, de fe voir environné d'une foule
attentive , qui l'écoute pour l'admi-
rer, & pour l'accabler d'applaudiſſe-
mens. Il éprouve alors une félicité
momentanée qui approche de celle
des immortels, & qui devroit être pour
lui la plus glorieuſe récompenſe.

L'AVILISSEMENT des Comédiens
ne fuppofe ni jaloufie ni abfurdité,
parce que le mérite pofitif dans une
perfonne quelconque doit être précifément l'accord parfait de fes mœurs,
de fes actions privées ou extérieures
avec la nobleſſe du talent qu'il cultive.
L'homme qui fait les moyens de fe
rendre eftimable, & qui les néglige,
encourt à jufte titre le mépris & le
blâme unanimes. L'anathême, il eſt
vrai,

vrai , n'a pas été lancé contre les
Comédiens proprement dits , mais
feulement contre les obfcénités dont
on déshonoroit autrefois la fcène :
depuis que la décence & la politeffe
ont épuré le Théâtre, l'opinion publique devient chaque jour plus indul-
gente. On s'accoutume infenfiblement
à chérir, à cultiver même l'art fi rare
de la déclamation ; mais on ne par-
viendra jamais à eftimer les Déclama-
teurs du Théâtre , fi la conduite de
quelques-uns perfévère à démentir la
haute idée que tout le monde a de leurs
talens. Ainfi, dès qu'ils auront des
mœurs, dès qu'ils auront la fermeté
de bannir de leur communauté répu-
blicaine les fecretes intrigues du liber-
tinage, que démêlent quelques-unes
des femmes néceffaires à leurs exerci-
ces, ils s'éleveront de leur fociété fé-
queftrée pour prendre les titres honorables de citoyens, & pour redeman-
der à la Patrie fa protection. Je fuis
loin de me perfuader que la chafteté
des Comédiennes foit généralement
fufpecte & blafée ; il en eft qui font
fages par vanité & par penchant , &
j'ofe croire, avec M. d'Alembert ;

E

qu'elles deviendront toutes vertueu-
fes, & les modeles des autres femmes,
du moment qu'on attachera des dif-
tinctions à celles qui fe comporteront
le mieux.

CEPENDANT on craignit d'abord
que les Bordelais, trop préoccupés au
fein du Commerce, & qui montroient
tant d'ardeur, tant de zèle pour la
Comédie, ne priffent enfuite un dégoût : cet événement n'eft pas arrivé,
& le plus heureux fuccès diffipa ces
fauffes apréhenfions. Le Spectacle fé-
dentaire, les Directeurs citoyens s'en-
gagerent aux mêmes conditions que
les précédens. On obferva pendant
quatre mois confécutifs l'Ordonnance
du 15 Juin 1735, rendue par MM. les
Maire & Jurats. Aujourd'hui on a
converti l'ufage de donner à l'Hôpital
des Enfans expofés la rétribution de
deux fols par billet en une fomme de
douze cens livres, qu'on fait toucher
au Tréforier de cette maifon tous
les ans.

M. DE RICHELIEU, zélé, attentif à
répandre dans la Capitale de fon Gou-

vernement tout ce qui pouvoit en augmenter la gloire & la splendeur, honora Messieurs les Actionnaires de sa confiance & de sa protection. Il fit venir dans son Hôtel la Supérieure de votre maison, qui, sans doute intimidée à la vue imposante de ce Seigneur, souscrivit aveuglément à tout ce qu'il voulut. D'ailleurs elle n'avoit rien à répondre; elle dut garder le silence, parce que la remontrance qu'on pouvoit faire sur cet objet appartenoit aux Officiers Municipaux. M. le Maréchal est trop juste, trop généreux pour avoir compromis sa délicatesse dans la supression des deux sols par billet, & pour avoir réduit une rente de quatorze mille livres, au moins, en un don de douze cens livres pour les Pauvres. Non, jamais le Vainqueur de Minorque & de Mahon n'a conspiré le malheur des pauvres Français, dont il a défendu la liberté & la vie à ses périls & risques. On l'a séduit; il a été indignement trompé.

Il est constant que la supression des deux sols par billet vous prive d'un revenu immense, puisqu'un Ci-

E ij

toyen connu vouloit affermer la recette de ces deux fols par billet à raifon de douze mille livres par an. Ainfi
en calculant , d'après cette propofi-
tion , les juftes droits des créances
montent , jufqu'au mois d'Août de la
préfente année , 204000 livres. Cette
fomme rentrant dans vos caiffes conf-
titueroit un fond folide & fructueux ,
dont la rente ne contribueroit pas peu
à améliorer les moyens de rendre heureux vos chers infortunés.

QUE vous allégueront Meffieurs les
Actionnaires ? Vous diront-ils qu'ils
ne vous ont point fait tort en vous
donnant douze cens livres par année ,
prifes fur le produit de leur établiffe-
ment , & qu'ils ont obéi aux ordres
du Gouverneur ? M. le Maréchal dé-
trompé peut revenir de fon erreur ,
& il lui eft permis de fe retracter. Vous
foutiendront-ils que la rétribution de
1200 livres eft plus forte que celle
que vous envoyoit la Municipalité ?
tandis que le Tréforier des Enfans-
trouvés a reçu , en 1761, « de la part
» de Meffieurs les Jurats , par les
» mains du fieur Dapatte, Greffier de

» l'Hôtel-de-Ville, pour la tierce par-
» tie des deux fols par billet de Co-
» médie, depuis le 7 Janvier, jufques
» & compris le 14 Mars, 381 livres. »
Ils ne vous objecteront pas fans doute
que les bénéfices des repréfentations
étoient autrefois plus grands qu'ils
ne le font aujourd'hui; ils ne fe plain-
dront pas de ce que le Public dé-
goûté du Spectacle ne le fréquente
point affez.

LE prix des places a néanmoins
augmenté, & la Ville, plus peuplée
d'Etrangers & de Citoyens, a fourni
à la Comédie une foule beaucoup
plus nombreufe de fpectateurs; car il
eft de toute notoriété que le Spectacle
eft à Bordeaux plus fuivi qu'à Paris,
où les Français, les Italiens & l'Académie de Mufique donnent à raifon
du quart de leurs recettes aux Maifons de charité. Ofera-t-on avancer
que la délibération des Officiers Municipaux n'étant point un acte légal,
mais fimplement civil, on ne fauroit
s'en faire un droit inconteftable, vu
qu'il n'eft point approuvé par une
autorité fupérieure? On répondra que

fi les règlemens d'un pouvoir fubal-
terne ne font pas dignes , aux yeux
de la chicane, d'être mis en exécution , on doit tout au moins refpecter
le vœu le plus augufte & le plus faint
de l'humanité plaintive & éperdue. On
doit confidérer que toutes les autres
Villes du Royaume , qui entretien-
nent un Spectacle , offrent un exemple bien frappant de bienfaifance envers les Pauvres ; & que fi la politique s'eft trompée dans le choix des
places qu'elle a affignées à chaque
chofe dans l'ordre focial , il lui eft
permis d'abjurer fes erreurs.

SOYEZ affurée , ma chere Sœur ;
qu'on n'oubliera plus que vos enfans
fouffrent, & que la reftitution de vos
biens & de vos droits fera un bienfait
de la Juftice. Adieu.

# LETTRE VII^e.

### FÉLICIE à MONTELME.

J'APPLAUDIS à votre exactitude ; mon cher Montelme ; je vous remercie de vos obfervations. A votre voix la bienfaifance détache en pleurant le bandeau de l'équité , & découvre à tous les regards fon front radieux & févère. O mes enfans ! ô ma tendre famille ! volez vous profterner aux pieds de votre divinité tutélaire, implorez fa munificence ; de l'éclair d'un coup d'œil elle va diffiper les nuages que l'artifice répandit trop long tems fur vos droits ; vous ne tarderez pas à être heureux.

ON publie que la Régie du Spectacle eft arrierée ; que la caiffe des actions eft entâmée , & qu'on a fait des pertes confidérables. On peut objecter que fi ces pertes étoient vraies , il auroit fallu puifer dans des fonds réels la fomme prétendue dont on auroit eu befoin pour folder les créan-

ces ; & où auroit-on pris ces fonds
réels ? car n'ayant rien déboursé pour
cet établissement, Messieurs les Actionnaires devoient en être les cau-
tions & non pas les intéressés. S'il
étoit vrai que le résultat de leurs
moyens eût trompé l'espérance de
leurs combinaisons , découragés &
craintifs, ils auroient aussitôt renoncé
au titre, au droit d'Actionnaires, dans
l'appréhension d'hasarder des avances
qui, auroient-ils dit, ne leur seroient
peut-être jamais rentrées. La défian-
ce, l'œil toujours attentif & fixé sur
l'or, que l'intérêt entasse avec tant
de précaution, prévoit de loin, &
remédie promptement aux accidens
qui pourroient traverser le cours rapide de son avidité. S'ils prétendent
que les appointements des Acteurs
leur emportent tous les bénéfices,
on leur répondra que les Directeurs
des autres Spectacles, tels que ceux
de Lyon, de Marseille & de Tou-
louse, trouvent cependant dans leurs
recettes journalieres un produit ex-
cédant leurs dépenses, sans donner
Comédie tous les jours. D'ailleurs
Bordeaux est la seule Ville de Pro-

vince, fi on excepte Lyon, où les
places du Spectacle font, pour ainfi
dire, autant coûteufes que celles des
Français à Paris. Tous ceux qui fré-
quentent le Spectacle connoiffent affez
l'inconféquence de ces prétextes.

## ANECDOTE NOUVELLE.

C'EST dans un temps antérieur à
celui où les actions ont commencé
qu'il faut placer l'époque mémorable
de nos droits, & l'origine de certains
ufages à préfent abolis. Après les in-
cendies qui ont ruiné de fonds en
comble les différentes Salles conftrui-
tes aux dépens de divers particuliers,
Meffieurs les Jurats en firent bâtir une
dont la magnificence mérita les regards de l'augufte Fille de Louis XV.
Ce plan fut exécuté en 1739, & devint la proie des flammes le 26 Décembre 1754. Les Officiers Municipaux avoient décidé, par une délibération, que les Directeurs d'Opéra
& de Comédie payeroient ftrictement
le loyer de la Salle qu'elle avoit fait
conftruire à raifon de fix mille livres
par année. Les Directeurs, en effet,

ſuivirent cet uſage, parce que, à la
vérité, on le leur rappelloit au moment qu'ils demandoient à la Municipalité la permiſſion d'exercer leurs
talens, Le ſieur Prin, après l'incen-
die de 1754, fit ſon début dans la
Salle du Concert, ſiruée près de l'In-
tendance, & ſe conforma aux mêmes
conventions. Dans ces circonſtances
un Particulier propoſa de faire bâtir
une Salle de Spectacle à ſes fraix,
ſuivant le plan qu'il préſenta. Sa pro-
poſition acceptée, il fut pris une délibération par Meſſieurs les Jurats, le
7 Mai 1756, par laquelle il eſt dit:
« Sur ce qui a été repréſenté que la
Salle proviſionnelle du Spectacle étant
» commencée, ...... ſur quoi étant
» délibéré que le ſieut Cayetan-Ca-
» magne feroit conſtruire à ſes fraix
» & dépens ladite Salle proviſionnelle
» du Spectacle .... Ordonnance con-
» çue en ces termes: il percevra à ſon
» profit les loyers de ladite Salle ſur
» le pied de ſix cens livres par mois,
» depuis le mois d'Octobre juſqu'à
» Pâques ; & de quatre cens livres
» par mois depuis Pâques juſqu'au
» mois de Septembre incluſivement,

» jufqu'à ce qu'il foit entierement
» payé de fes avances , & intérêts
» d'icelles.

Au mois de Décembre 1769 , un
*dénigrant* Actionnaire déclara à un
homme de la plus haute diftinction,
digne par fes vertus de l'eftime im-
mortelle de la poftérité, que la Salle
actuelle avoit été conftruite prefqué
en entier des ruines de la précédente
& des matériaux publics, parce que
le propriétaire, difoit-on , étoit d'in-
telligence avec l'Ingénieur de la Ville.
Cette délation prévalut fur l'efprit du
Seigneur à qui elle fut faite. On en-
joignit auffitôt au Particulier Entrepreneur de produire le compte des
frais avancés pour la conftruction de
la Salle de la Comédie, & celui des
*à comptes* qu'il avoit reçu en rem-
bourfement. On ne rougit pas de fe
juftifier. Le Citoyen humble & généreux obéit, & démontra, par la né-
teté de fes calculs , & par le jufte
rapport de fes quittances avec les
fommes fournies, qu'il n'avoit jamais
donné lieu aux foupçons outrageans
& aux calomnies atroces dont on
avoit flétri fa conduite.

Du moment que les Actionnaires chargés de l'administration du Spectacle se furent emparés de la Salle, ils en payerent les loyers sur le pied de 6000 livres par année avec exactitude jusqu'au premier Juillet 1770, & le 19 du même mois Messieurs les Jurats prirent une nouvelle délibération par laquelle il est dit : « sur » quoi,........ & pour indemniser » Messieurs les Actionnaires du Spec- » tacle des frais d'entretien dont ils » seront chargés ils ne payeront à » l'avenir, à commencer du premier » de ce mois, que la somme de 5000l. » par année de loyer de la Salle, au » lieu de 6000 livres qu'ils ont pré- » cédemment payé........

On ne se seroit pas attendu, après de telles délibérations, que des Officiers Municipaux, devenus Actionnaires, eussent adroitement le soin de faire passer les loyers de la Salle sur le compte publie. De sorte que les Citoyens payoient de deux manieres leurs plaisirs, car la Ville est en avance vis-à-vis des Actionnaires de dix mille livres environ, & on auroit

auroit perfifté à payer cette fauffe créan-
ce, fi M. Buhan, Procureur-Syndic
actuel, n'eût pas repréfenté de quelle
injuftice, de quel droit imaginaire de
préféance on fe fervoit pour fouftraire
à la caiffe publique la fomme annuelle
de cinq mille livres. Sur cette repréfentation le Corps-de-Ville délibéra
de défendre de payer à l'avenir la fomme fufdite. Le Tréforier obéit, & le
Créancier, mécontent du refus, eut
recours contre ceux qui occupoient fa
propriété. Il préfenta Requête au Parlement, qui, par Arrêt, homologua
les délibérations des Jurats, qui lui
affuroient fon droit. Le Demandeur ob-
tint tout le fuccès qu'il pouvoit & devoit attendre de fa jufte fupplication,
& les Intimés furent légitimement condamnés à payer les loyers de la Salle,
ce qui occafionne un procès entre les
Jurats & les Actionnaires; ces derniers
prétendent n'y être pas obligés; mais
comme ils ont payé depuis l'Arrêt du
Parlement, ils n'ofent pas faire fuite
de leur exploit.

Vous voyez, fincere & courageux
Montelme, que ce dernier acte de Juf-

F

tice fonde notre efpoir fur les bontés
de la Magiftrature fupérieure. La Loi,
cet organe célefte de la volonté una-
nime, qui a établi, dans un équilibre
foutenu, les droits & la liberté entre
les différentes claffes des hommes, ne
fera pas fans doute en contradiction
avec nos intérêts. La néceffité qui prend
fon origine dans l'état déplorable de
notre maifon, commande. Les chefs
de la Patrie, ces interprêtes de l'équité,
ces dépofitaires du bonheur des Peuples, s'emprefferont à goûter la géné-
reufe fatisfaction de remplir le vœu
du pauvre, qui, dans l'acceptation du
bienfait, bénira le bienfaiteur.

JE n'apperçois aucune difficulté capable de traverfer la tentative que nos
Adminiftrateurs auront à mettre en
ufage, & je fuis fortement convaincue
que le Parlement, jufte pour le Propriétaire de la Salle, le fera auffi pour
nous.

LA fermeté & la patience nous rendront tôt ou tard la jouiffance envahie
de nos anciennes prérogatives. Oui,
mon cher Montelme, celui qui, éclai-

ré par vos obſervations & , ſi j'oſe le
dire, par les miennes, ira, d'une voix
éloquente & plaintive, ſolliciter dans
le temple auguſte des Lóix , la répara-
tion des torts qu'on nous a fáit , mé-
ritera qu'on érige en ſon honneur un
buſte au - deſſous duquel on placera
cette inſcription :

*Au plaiſir d'obliger il conſacra ſa vie ;*
*Il fut des malheureux le ſecourable*
    *appui :*
*Il punit l'intérêt , il combattit l'envie :*
*Quel mortel de nos vœux fut plus digne*
    *que lui !*

. Voila l'unique récompenſe que
nous réſervons à notre vengeur. Qui
oſera dire à MM. les Jurats : ayez ,
Meſſieurs , le courage de faire obſerver
la Loi que vous avez dictée ; prouvez-
nous que vous êtes Magiſtrats , & que
vous ſavez être ſéveres lorſque la cir-
conſtance des événemens & votre gloire l'exigent ? Moi-même , ô Montelme ;
oui , moi - même , j'irai , environnée ,
accueillie de mes innocens éplorés, me
proſterner aux pieds du Trône de la
Juſtice, & exprimer aux premiers Ju-

ges, par mes larmes, par mon attendriff ment, combien il eſt odieux que notre famille ſouffre, tandis que l'homme riche conteſte nos droits, & nous en refuſe la jouiſſance. Mais j'appréhenderois que cet enthouſiaſme, tout noble qu'il pourroit être, ne parût ridicule & fanatique, car ceux qui aujourd'hui affectent de bien faire, paſſent pour des ſots.... Hélas! nos éfforts, d'abord pétulans & actifs, deviendront peut-être auſſi inutiles que paſſagers. Les actions louables & déſintéreſſées ne répandent ſur leur auteur qu'une gloire mince & frivole, quoique la philoſophie s'épuiſe à nous crier d'une voix forte & courágeuſe : que le bonheur d'un ſeul conſiſte à rendre heureux les autres; & j'appréhende que nos plaintes, que nos juſtes clameu rs ſoient

*Semblables à ces flambeaux, à ces*
*　　lugubres feux,*
*Qui brûlent près des morts, ſans*
*　　réchauffer leur cendre.*

(Colardeau).

J'IGNORE ſi mon incertitude eſt bien

ou mal fondée ; mais lorsque j'analyse
le cœur de l'homme, je vois d'abord
la foibleſſe, la crainte, la timidité borner les travaux de la vie humaine à des
intérêts particuliers ; je vois trembler
le foible à l'aſpect impoſant de l'autorité, dès qu'il haſarde quelque action
d'éclat, parce qu'il appréhende de ſe
compromettre, & de troubler ſa ſécurité. Si au contraire il communique
ſes deſſeins, s'il raſſemble les ſuffrages
des partiſans de ſon ſyſtême ; intrépide
& fier, il combine, il réſout, il exécute
avec une promptitude d'autant plus
rapide, qu'il eſt encouragé : ſemblable
à ce Légiſlateur conquérant de l'Aſie,
qui, humble & tremblant, médita
pendant vingt années ſon projet de lé-
giſlation, & qui, enhardi par une petite troupe de zélateurs, aſſervit, pour
ainſi dire, les deux tiers du globe à
ſon joug. L'homme iſolé, livré à lui
ſeul ne peut rien ; & du moment qu'il
s'eſt aſſocié, uni à ſes compatriotes, à
ſes freres, ſes talents, ſes efforts de-
viennent un anneau néceſſaire à la
chaîne des choſes utiles, ajoutent quelques traits de lumiere aux arts, des
moyens de progrès à la culture des

sciences & à la pratique de la vertu.
Ainsi partagée entre le doute & l'espérance, je consulte ma raison, je puise
dans les principes physiques & moraux
les silogismes les mieux fondés, pour
promettre à mes desirs la satisfaction
assurée d'un succès qui devroit être iné-
vitable. Je détruis, je forme des pro-
ets dont l'exécution imaginaire semble
me consoler des malheurs de notre
maison ; mes idées, qui naissent peut-
être d'un zèle louable, varient à l'infini;
& si je construis des édifices légers &
chimériques, condamnera-t-on les
vues utiles qu'ils renferment ?

## AUTRE ANECDOTE.

Il y a à Bordeaux une sorte de Spectacle, établi depuis quatre ans, sous
le nom d'Ambigu-comique Ce Spectacle agréable, dit-on, est rendu par
une troupe d'enfans qui ont fait pendant long-temps les délices des Ama-
teurs. Que de traverses, que de persé-
cution n'a pas essuyé l'Entrepreneur de
cet établissement de la part de l'envie !
Le sieur Belleville, propriétaire d'un
Colisée, voyant que cette entreprise

coûteuſe ne pouvoit lui faire rentrer ſes fonds, & même les rentes des ſommes empruntées, jugea à propos d'y ajouter l'amuſement de l'Ambigu-comique. Il préſenta ſon plan, & ſe ſoumit volontairement à des conditions qui lui mériterent l'approbation de M. Bertin & du Gouverneur; il ne demanda à MM. les Jurats les permiſſions dont il jouit, qu'en s'impoſant la louable obligation de donner à notre Hôpital le dixieme franc de toutes les recettes que lui rapporteroit ſon Spectacle. Il y a eu une année où nous avons reçu de ce Particulier dix-huit cents livres, & certainement cet Ambigu-comique nous auroit fait un grand bien ſi ſon Entrepreneur n'avoit pas été traverſé dans ſon entrepriſe. Imaginez, Montelme, l'énorme diſproportion des recettes de la Comédie à celle de l'Ambigu-comique. Ainſi, ſelon l'uſage actuellement établi, le plus foible nous donneroit, ſur vingt mille livres qu'il pourroit recevoir, deux mille; & le plus fort, le plus lucratif ſur deux cents mille livres que le public lui donne annuellement, ne nous fait paſſer que douze cents livres. Cet-

te vraie & intéreffante réflexion porte
avec foi un principe dont émanera
l'Arrêt reftaurateur de nos droits.

Cependant j'acheve ma lettre ;
pardonnez à la liberté franche & har-
die avec laquelle je vous l'ai écrite.

# LETTRE VIII<sup>e</sup>.

## MONTELME à FÉLICIE.

JE vous promets que votre tentative
ne sera pas infructueuse; lorsque, sou-
tenu, protégé par la vérité, on a pour
objet, l'honnête, l'utile & le juste,
doit-on craindre de démasquer l'ambi-
tion ? Comptez que le prix de vos travaux sera le bonheur de vos enfans,
& que la Justice vous prépare un triom-
phe d'autant plus honorable, que vos
combats auront eu un motif bien légitime, celui d'avoir réclamé des dons
publics usurpés par mégarde. J'ose
donc vous dire que de tous les droits,
celui que votre Maison a sur les Spectacles, paroît le plus auguste & le
moins contestable; gardez-vous de
borner vos efforts à de simples obser-
vations; ne craignez point un abord
sévere du premier Ministre de la Justice, il n'est formidable qu'à ceux qui
ont violé la sainte obligation de l'hon-

nêteté. Acceſſible & généreux, il ſait
qu'il eſt le premier dépoſitaire de l'ordre & des loix ; il connoit, il embraſſe
toute l'étendue de ſes devoirs ; image
la plus reſſemblante de la Divinité dont
il eſt l'incorruptible organe ; s'il entend
une plainte, s'il voit coûler une larme,
il accourt, il s'empreſſe de s'éclairer,
il conſole l'affliction, & répand ſur elle
la paix & la ſécurité. Uniſſant l'équité
à la clémence, il ſait, par un art digne
de ſon grand cœur, ſe mettre en garde
conrre la ſéduction, fixer ſes regards
ſur la vérité, quelqu'obſcure qu'elle
puiſſe être, & paroître plutôt indul-
gent que ſévérement juſte. Attendez
tout des bontés de ce Magiſtrat ; les
moments dérobés à ſes fonctions ſe
conſacrent au ſoulagement des malheureux ; & s'il exiſte ſur la terre un
plaiſir digne de lui, c'eſt ſans doute
celui de bien faire. Vous le verrez,
ainſi que tous les Citoyens, applau-
dire à votre zèle ; le perſiflage & la calomnie tenteront peut-être de vous
décourager, de rompre le fil délicat
qui devra vous conduire à travers des
obſtacles oppoſés à vos démarches ;
mais vous aurez pour vous la raiſon &

le bon droit. Quand on a des vues
auſſi pures que les vôtres, on compte
avec confiance ſur l'approbation des
cœurs honnêtes & humains ; & qui
vous la refuſeroit? Il n'eſt perſonne
au monde qui ne loue hautement le
vif intérêt que vous prenez à relever
l'abattement, à calmer la déſolation
de vos tendres infortunés..... Ainſi,
que la gloire, que l'honneur vous inſ-
pirent ces réſolutions nobles & vigou-
reuſes qui mépriſent les ménaces, la
vengeance, & qui triomphent des revers. Vous craindrez peut-être que
vos amis ne ſe rangent du parti qui,
plus puiſſant, perſécute, & vous m'al-
léguerez que

*La raiſon du plus fort eſt toujours la
meilleure.*                    (LA FONTAINE.)

CETTE maxime eſt invariable, mais
il eſt des circonſtances où l'on refuſe
de s'y ſoumettre, & pour cette fois
je vous proteſte que beaucoup de gens
ne s'y ſoumettront pas. Ce n'eſt pas
ici la capitale où des Automates
ont à leur gage des flateurs &
des courtiſanes ; chacun en particulier dit ce qu'il penſe, & vous

devez préfumer que les Actionnaires
ont déjà donné lieu aux fatyres du public. On va au Spectacle, ce font les
talens de quelques Acteurs, & la crainte
de l'ennui qui y attirent, & l'on ne s'y
réfugie pas pour fourire avec grace à
ceux qui, fans fe donner la moindre
peine, s'en approprient les bénéfices.
Mon fils m'envoit au moment même
une differtation fur les mœurs, fur la
régie des Comédiens, qu'il a joint au
récit d'un événement fingulier.

## CELICOUR à MONTELME.

JOUER ou aller à la Comédie, voilà
les deux amufemens que nous avons à
choifir pendant l'hyver, ou bien nous
fommes condamnés à mourir d'ennui,
& à paffer pour des mifantropes. Jouer
à Bordeaux n'eft pas une récréation,
c'eft un coupable paffe-temps, où tantôt l'on fe défefpere, où on maudit la
fortune dans l'obftination du malheur ;
& tantôt on goûte le cruel plaifir de
ruiner les autres, pour l'unique fatisfaction d'amaffer leur or. O funefte
paffion du jeu ! toi qui n'afpire qu'à
perdre le citoyen, qu'à éteindre dans
son

son ame tout sentiment d'amour, d'amitié & de vertu : fille insatiable de l'ava-
rice, viendras-tu toujours troubler la
sécurité douce & paisible chez l'époux,
chez le pere modéré & prudent. L'œil
attentif de l'équité te veille, tu n'est pas
loin de ton exil que je te désire éternel.
Faut-il convertir le plus vertueux des
penchans en une fougue téméraire &
impétueuse qui, dans la brutale ivresse
d'une grossiere jouissance, altere la
santé, & porte quelquefois dans nos
veines le poison d'une mort ignomi-
nieuse & lente ? A cette seule réflexion
mon cœur frissonne d'horreur ; & si l'on
vouloit me punir du dernier supplice,
ce seroit d'obliger ma délicatesse à
souscrire aux desirs, aux sollicitations
d'une de ces prostituées. Autant on
admire les graces, la beauté, la can-
deur & le sentiment dans une femme
honnête, autant on abhore dans une
concubine publique, le vice, l'impu
dicité qui la dégradent, & qui flétris-
sent les charmes dont la nature l'avoit
douée pour la rendre aimable. Ah mon
pere ! l'amour sanctifié par la vertu,
fondé sur l'estime, encouragé par la
constance, est la source des plaisirs

G

purs & du bonheur de l'homme. : : : :
Mais j'imagine que fi les bons amis,
font rares, les époux vraiment heureux le font aussi. Le moyen qu'un
jeune mortel trouve dans sa vive &
tendre moitié la fidelité & l'amour que
sa jalousie paroît sans cesse soupçonner,
lorsqu'épuisé & éteint, il se marie pour
pallier ses foiblesses, & pour ne pas
féconder l'épouse inquiete & abusée,
dont il ne fait que provoquer les desirs.

AINSI la prudence nous commande
de renoncer au jeu, & la délicatesse
aux femmes ; il ne nous reste donc que
la consolante ressource de partager nos
loisirs entre la conversation & le Spectacle. On trouve, il est vrai, à Bordeaux des Sociétés honnêtes & esti-
mables, mais elles font si maniérées,
si silensieuses, que sans cornet & sans
dés on s'ennuie bientôt d'être vis-à-vis
des uns & des autres comme des automates, sans maintien & sans sociabilité. On tombe enfin de mal en pire,
& l'heure des délassemens devient celle
de la crainte & de la peine. Cet abus
du temps provient de ce que les arts
ingénieux ne font pas assez cultivés

parmi les Bordelais ; ils naiffent avec
des difpofitions heureufes pour les talens de l'efprit , mais les occupations
du Commerce dérobent à la jeuneffe
le temps de l'éducation ; & après les
calculs, que devient une ame ftérile
& vuide ? Par goût, par choix, par
incitation, elle fe livre aifément aux
plaifirs frivoles; attirée par l'attrait,
elle fe familiarife avec les paffions, &
le germe falutaire des mœurs, négligé
& languiffant, s'efface fous l'imprcf-
fion de la licence. Le feul amufement
que le citoyen puiffe prendre eft donc
celui de la Comédie ; c'eft en effet celui que l'on devroit le plus tolérer ,
précifément parce qu'il inftruit, qu'il
diftrait, qu'il accoutume le cœur &
l'efprit à fentir & à penfer. J'avoue
qu'en Provinces les drames faiblement
rendus, obtiennent à peine l'attention
du Spectateur, qui, loin de voir le
Héros fur la fcène, n'y apperçoit jamais
que l'Acteur. La raifon en eft fimple;
la préfomption aveugle les Comédiens,
qui ont autour d'eux une petite troupe
d'Enthoufiaftes, dont l'abfurde ignorance fe borne à louer, à encourager
les défauts de la déclamation. Il faut

avoir un grand nom dans la littérature pour s'aviser de censurer hautement la froide monotonie qui régne sur le théâtre. Auffi, la plupart des gens de goût baillent, se taifent ; & si on les confulte après la repréfentation d'une Tragédie de Corneille ou de Voltaire, ils vous répondent foiblement : *les rôles étoient affez bien fûs.* Rien de plus vrai que cette replique : une mémoire heureuse, voilà tout ce qu'il faut pour être Comédien de province. Pourvu que les voûtes du Théâtre retentiffent des cris d'un tyran, ou d'une amante abufée ; pourvu que le public contemple dans un perfonnage beaucoup de défefpoir ou de tendreffe outrée, il eft fatisfait, il applaudit, parce qu'il a oui dire qu'on devoit s'attendrir & pleurer dans tel ou tel paffage de la piéce. La nature n'eft jamais bruyante & bourfoufflée ; elle fent avec modération, & notre organe alors n'eft pas l'interpréte facile de notre mémoire. Pour devenir bon Acteur, j'imagine qu'il faut se livrer à une étude pénible, & approfondir de l'hiftoire des calamités humaines ; se pénétrer de toutes les paffions dont on n'a fait encore

aucune épreuve ; saisir les différens ca-
racteres dont la situation expressive a
quelque convenance au personnage
qu'on représente. Je doute que cette
application, réfléchie à la connoissance
de l'homme, soit le partage & l'objet
des travaux de nos Acteurs ; car avant
que d'imiter les passions, les vices
d'autri, on doit s'être jugé soi-même,
& nul d'entr'eux n'a encore eu cette
précaution. Ainsi nos piéces tragiques
sont rendues avec des hurlemens con-
tinuels, des attitudes forcées, des regards & un visage qui ne savent rien
exprimer. Il n'assiste qu'un très-petit
nombre de Spectateurs à ces sortes de
représentations, parce qu'on s'y ennuie autant que dans la solitude. La
Comédie est récitée sans finesse & sans
ironie.... L'Opéra, que l'on chante
passablement, mais que l'on joue mal,
a plus de partisans ; ce Spectacle passager amuse, & ne laisse dans
l'esprit que le souvenir de quelques
sons agréables.....

CEPENDANT, malgré tous ses défauts,
le Spectacle est, dans certains mois de

l'année, le *rendez-vous* d'une très-bril-
l'ante Société. Quelquefois on s'y pref-
fe fi fort qu'on s'y étouffe les uns &
les autres : abus déplorable que la bonne police devroit réprimer, d'après
les ordres de M. le Commandant de
la Province, qui a fixé le nombre des
billets à diftribuer, afin qu'on ne faffe
pas entrer plus de perfonnes que la
Salle n'en peut raifonnablement con-
tenir.

Lorsqu'on donna la premiere repréfentation de la *Rofiere*, le public em-
preffé & crédule imagina que la premiere Chanteufe joueroit. Long-temps
avant le lever du rideau les loges furent remplies ; les abonnés, dont la
plupart ne viennent qu'au moment où
la Comédie commence, furent obligés de fe retirer, & de fe plaindre de
l'indifcrétion avec laquelle MM. les
Actionnaires affouviffoient une avidité
démefurée. M. de Bearn, Lieutenant de
Maire, commanda aux Receveurs de
rembourfer aux Abonnés fortans
trois livres, qui pafferent de leurs
mains dans celles des pauvres,
pour prouver aux Directeurs jaloux »

qu'on n'avoit pas besoin de cette somme *pour souper.* Cet événement donna au public la plus plaisante Comédie, & l'on n'oublia pas de persifler certains particuliers, qui, intéressés aux bénéfices des recettes, quittent les honorables fonctions de leur commerce pour voir si on ne les trompe point.

## SUITE DE LA LETTRE

### D E

### *MONTELME à FÉLICIE.*

CONTINUEZ, ma chere sœur ; faites des recherches & de nouveaux efforts. On n'éblouit jamais les yeux de nos premiers Magistrats ; rien n'échappe à la pénétration de leurs regards ; ils parlent, & la vérité, ensevelie sous le voile du mensonge, n'attend que leur attention pour paroître plus éblouissante & plus pure. .... Ah ! si je pouvois me flatter de quelque ascendant sur les esprits, je leur dirois : « ô mes conci- » toyens ! ô mes amis ! rassemblez- » vous autour de Félicie, unissez vos » plaintes aux siennes. La satisfaction

» d'avoir rendu service à une famille
» infortunée est le prix flatteur atta-
» ché à votre zèle, vous ferez le bien.
» Quelle récompense plus honorable
» que le bien lui-même !

UN étranger, Négociant généreux,
& ancien Actionnaire, sera le premier
à se soumettre à la restitution. Cet
exemple peut-être, donné par M. S.,
invitera les Administrateurs actuels de
la Comédie à l'imiter. Familiarisez-
vous, ma chere sœur, avec les outra-
ges, les injures que sans doute vous
endurerez..., & n'y opposez jamais
que le silence, & l'obstination à toujours dire la vérité. Insulte-t-on quelqu'un en réclamant un patrimoine
qu'il croit à lui, & qui peut-être ne
lui appartient pas ?

BIBLIOTHÈQUE ROYALE

www.ingramcontent.com/pod-product-compliance
Lightning Source LLC
Chambersburg PA
CBHW060454260626
47161CB00005B/2101